UNIVERSUM

Angelo Fiore
Die Zauberin der Nacht und der Mann

52 Kurzgeschichten
Zauberhaft + wahr

© 2023 Europa Buch | Berlin
www.europabuch.com | info@europabuch.com

ISBN 9791220133197
Erstausgabe: Januar 2023

Gedruckt für Italien von Rotomail Italia
Finito di stampare presso Rotomail Italia S.p.A. – Vignate (MI)

Die Zauberin der Nacht
und der Mann

„Wenn zwei Seelen eine Verabredung haben, wird sich ein Weg auftun, damit sie einander finden."

Es war einmal

... ein über alle Maßen verzweifelter Mann. Seine Frau hatte ihm kurz zuvor mitgeteilt, kein Gefühl mehr für ihn zu haben. Es waren nur sieben Worte, aber die ließen die Welt des Mannes mit einem Schlag einstürzen – und auch ein großes Bauwerk, das sich schon lange in seiner Welt befunden hatte.

Dieses Bauwerk war ein Staudamm, der Jahrzehnte alle Tränen des Mannes zurückgehalten hatte. In all den Jahren mit seiner Frau war es ihm unmöglich gewesen zu weinen. Nach der Zerstörung des Staudamms aber bahnten sich alle aufgestauten Tränen ihren Weg.

Die Traurigkeit des Mannes war so groß, dass er an manchen Tagen das Gefühl hatte, wohl bis an sein Lebensende weinen zu müssen. Er wusste, dass dieses „Tal der Tränen" sehr lang würde. War es während der Tage schon schwer für ihn, sein Leben weiterzuleben, wurde es in den Nächten noch schlimmer. Der Mann weinte stundenlang in seinem Bett. Es war wie eine Krankheit, bei der er immer schwächer und schwächer wurde. Kein Arzt und kein Medikament konnten ihm helfen, denn seine Krankheit hatte zwar viele Namen, aber keiner der Namen drückte aus, was sie eigentlich war:

Berührungslosigkeit.

Viele Menschen litten daran, ohne es zu erkennen. Sie nahmen Drogen, tranken Alkohol, versenkten ihr Geld in Spielautomaten und was man sonst noch tun konnte, um den Schmerzen dieser

Krankheit zu entfliehen. Doch der Mann spürte, dass all dies ihm nicht aus dem Tal der Tränen helfen würde – auch wenn er manchmal das Gefühl hatte, vor Kummer noch verrückt zu werden.

Da trat eines Tages eine Frau in sein Leben, schriftlich ... per **E-Mail-Kontakt.**

Voller Zauber

Der Austausch ihrer Gedanken geschah sehr vorsichtig – geprägt von großer Achtsamkeit und dem Wissen, dass Worte unbedacht benutzt Schmerzen bereiten können. Sie spürten, dass jedes Wort und jeder Gedanke beim anderen gut aufgehoben waren.

Nach und nach entwickelte sich zwischen beiden ein tiefes Vertrauen wie ein Schatz. Wenn der Mann und die Frau einander schrieben, setzte sich beim Lesen der Worte ein Zauber frei, den Menschen wahrscheinlich erst spüren können, wenn sie einander wirklich vertrauen.

Der Mann und die Frau bezauberten einander, brachten sich zum Lachen und manchmal auch zum Weinen. Unter den Worten, die der Mann von ihr erhielt, war eines Abends ein kleines mit vier Buchstaben, das in der darauffolgenden Nacht seine Wirkung zu entfalten begann.

Als er in dieser Nacht aufwachte, spürte er sofort, dass etwas anders war. Wie oft hatte er in den Nächten seit den sieben Worten schlaflos und einsam im Bett gelegen! Aber nun fühlte er sich mit einem Mal nicht mehr allein. In seinem Zimmer war etwas Schönes, das eine unbeschreibliche Wirkung auf ihn hatte. Es war wie das warme Gefühl, behutsam zugedeckt zu werden.

Dieses Gefühl brachte ihn zum Weinen und doch spürte er, dass etwas bei ihm war, das ihn berührte: ein kleiner Hase, den nur er spüren konnte. Denn allein für ihn hatte die Frau diesen Hasen auf seine

Reise geschickt. Als dem Mann dies klar wurde, huschte ein Lächeln über sein Gesicht. Denn nun wusste er: Diese Frau war seine ... ***Zauberin der Nacht.***

Ganz+gar Augenblick

Die *Zauberin der Nacht* hatte also die Fähigkeit, Menschen in schlaflosen Nächten zu beruhigen ... allein dadurch, dass sie ihre Gedanken in Worte fasste und denen, die bereit dafür waren, zukommen ließ. Wenn einer dann in der Nacht aus dem Schlaf hochschreckte, begannen die Worte zu wirken und hüllten ihn zart ein. Denn sie besaß die besondere „Kraft der Zärtlichkeit."

Als sie den traurigen Mann wieder einmal so bezauberte und ihm etwas von ihrer Kraft schickte, hatte er zum ersten Mal seit Langem bei all seiner Schwermut ein zartes Gefühl. Er öffnete sich weit, um es in sich einzulassen, fühlte, wie es ihn durchdrang und weinte in dieser Nacht keine einzige Träne der Trauer, sondern vor Glück und Dankbarkeit. Es durchflutete ihn regelrecht.

Am Morgen danach ging er in ein Café, um dort sein Frühstück zu sich zu nehmen. Das machte er so seit den sieben Worten seiner Frau. Jeden Tag trank er einen großen Cappuccino ohne Kakaopulver und aß eine mit Butter bestrichene Kornquarkstange. All seine Bewegungen während des Frühstücks folgten einem festen Ablauf. Das Frühstück war für ihn ein Ritual, das ihm ein bisschen Halt in seiner Trauer gab.

Der Mann selbst besaß aber auch eine besondere Gabe: Sie nannte sich „Kraft des Augenblicks". Mit dieser konnte er die Zeit stillstehen lassen. Zwar war es nur für kurze Zeit, aber das reichte ihm aus, um das was ihn umgab, voll und ganz in sich aufzunehmen. Er spürte ... **den Augenblick.**

Buch ohne Seiten

Zu dem Mann kam ein Gedanke. Wenn es seiner *Zauberin der Nacht* möglich war, einem Menschen solch ein berührendes Gefühl zu geben, bot es sich an … Nein, drängte es sich geradezu auf ihr zu sagen, dass sie ihre Kraft der Zärtlichkeit doch vielen Menschen geben könnte. Da nahm er Verbindung zu ihr auf und fragte, ob sie schon einmal darüber nachgedacht habe, ein Buch zu schreiben, in dem ihre Kraft erkennbar würde.

Kurze Zeit später teilte sie ihm mit, dass sie kein Buch dieser Art schreiben könne. Da der Mann mit so einer oder einer ähnlichen Antwort gerechnet hatte, schrieb er ihr, warum gerade sie die „richtige Zauberin" war, um das Buch der Zärtlichkeit zu schreiben.

Sie erklärte, bald von sich hören zu lassen, und lächelte dabei. Als er sich verabschiedete, war er sich sicher, dass sie genau das tun würde, was notwendig war, um dem Buch ihre Zärtlichkeit anzuvertrauen.

Ein paar Tage später kam ein Paket. Darin lag das Buch über die Kraft der Zärtlichkeit. Er besah es sich. Sie hatte gute Arbeit getan. Das Buch bestand aus zwei Buchdeckeln und einem Buchrücken, dazwischen eine Handvoll leere Seiten. Er schaute auf das aufgeschlagene Buch und schloss seine Augen. Wie in Trance spürte er das Besondere daran: Jeder Mensch konnte darin seine eigene für ihn in diesem Moment passende Geschichte finden

– sofern er bereit dafür war, es auf besondere Weise zu lesen.

Der Mann nahm Verbindung zur *Zauberin der Nacht* auf und teilte ihr mit, dass er sehr froh darüber sei, dass sie ihre Fähigkeit so gut für dieses Buch genutzt habe. Denn nun habe jeder Mensch auf dieser Welt die Möglichkeit, mit der Kraft der Zärtlichkeit in Berührung zu kommen. Man musste lediglich offen genug dafür sein, dies mit geschlossenen Augen zu tun und ... **mit offenem Herzen.**

Zauberinnen der Nacht

Es gab auf der Welt viele Zauberinnen, aber bloß wenige Zauberinnen der Nacht. Viele wünschten sich, selbst eine zu sein, und fragten sich, warum gerade diese Zauberin es sein durfte.

Der Mann fragte sich das nie, denn erstens kamen Dinge von ganz alleine, wenn man offen für sie war – und die Zeit reif dafür. Und zweitens war ihm klar, dass sie erst durch gewisse Dinge in der Vergangenheit zur *Zauberin der Nacht* hatte werden können.

Wenn sie also die Fähigkeit zur Kraft der Zärtlichkeit erlangt hatte, musste etwas in ihrer Vergangenheit geschehen sein, wodurch sie in den Besitz dieser wunderbaren Kraft gekommen war.

Er hatte das Gefühl, dass dies schlimme Dinge gewesen sein mussten. Denn *Zauberin der Nacht* zu sein, war ein Privileg, das man sich verdienen musste – vielleicht, indem man schlimme Dinge annehmen konnte.

Wie zur Bestätigung fiel ihm einer ihrer Sätze ein: „Es war halt, wie es war." Da dachte er bei sich: „Nur weil sie alles angenommen hat, ohne dagegen zu kämpfen, konnte sie *Zauberin der Nacht* werden." Bei diesem Gedanken wurde ihm so warm ums Herz, dass er ein paar Zeilen für sie schrieb und gleichzeitig schon sehnsüchtig auf ... **ihre Antwort wartete.**

Heilende Schmetterlinge

Eines Tages erzählte ihm die *Zauberin der Nacht* von Schmerzen. Sie hatte in ihrem Leben (neben den schlimmen Dingen) auch viele Unfälle gehabt und es gab nahezu keine unversehrte Stelle an ihrem Körper. Das bekümmerte den Mann so sehr, dass er weinen musste. Da ihr aber Tränen allein kaum helfen würden, überlegte er, was er sonst für sie tun könnte.

Denn neben seiner Fähigkeit, die Zeit anzuhalten, hatte er auch mächtige Freunde – wohl die mächtigsten Freunde überhaupt. Zumindest, wenn man in der Lage war, sie als solche zu erkennen. Es waren ... Worte.

Diese Freunde, die sich nicht nur in seinem Kopf, sondern auch in seiner Seele befanden, holte er nun hervor und schrieb sie auf, um mit ihnen ihre Schmerzen ein bisschen zu lindern. Durch das Aufschreiben verwandelten sich seine Freunde in Schmetterlingspuppen. Sobald sie in ein feststehendes Gerät getippt wurden, befanden sie sich sozusagen in ihrem Kokon und konnten auf die Reise zur *Zauberin der Nacht* geschickt werden. In dem Augenblick, in dem sie seine Worte zu lesen begann, verwandelten sie sich in Schmetterlinge, um ihre Heilkraft zu entfalten.

Er wünschte, sein Schmetterlingsschwarm möge sich auf ihre wehen Stellen legen. Und für sie war es eine schöne Vorstellung, von einem Schwarm Schmetterlinge zart umhüllt zu werden. Der Mann hoffte, dass sie seine Schmetterlingspuppen so bald als möglich in Schmetterlinge verwandeln würde. Einerseits freute er sich schon sehr darauf, andererseits wusste er nicht, ob sie überhaupt offen für so eine Ver-Rücktheit war.

Eigentlich war der Mann sehr schüchtern und hatte große Angst vor Zurückweisung. Doch in diesem Moment spürte er, dass sich in ihm etwas zu verändern begann. Er konnte ihrer Reaktion entspannt entgegensehen, weil er nun etwas in sich trug, das ausnahmslos mit ihr verknüpft war ... **grenzenloses Vertrauen.**

Die Angst der Zauberin

Die *Zauberin der Nacht* trug die seltene Kraft der Zärtlichkeit in sich. Aber auch diese große Gabe hatte (wie alles im Leben) zwei Seiten. Obwohl bei ihr nicht erkennbar, spürte der Mann, dass ihre zweite Seite große Verletzlichkeit war. Das Wissen, dass Menschen, denen sie ihre besondere Zärtlichkeit sogar über große Distanzen schenken konnte, diese eines Tages möglicherweise nicht mehr brauchen, war für sie oft schwer zu ertragen.

Ihre Vorstellung, dass auch der Mann diese Zärtlichkeit eines Tages nicht mehr brauchen würde, ließ fast ihr Herz brechen. Der bloße Gedanke, ihre wundervolle Verbindung könnte abreißen, war für ihn ebenfalls so unerträglich, dass er beim nächsten Zeitanhalten offen sein wollte für angstnehmende Dinge.

Nachdem er im Café seine mit Butter bestrichene Kornquarkstange verzehrt hatte, klappte er sein Ringbuch auf, nahm seinen Stift zur Hand und ließ die Zeit für einen kleinen Moment stillstehen – bereit, die Gedanken, die zu ihm wollten, zu erhalten. Kurz darauf begann sein Stift Schmetterlingspuppen zu Papier zu bringen, die er ihr später senden wollte, damit sie aus ihnen zarte Schmetterlinge für ein leichtes Gefühl machen konnte.

„Meine liebe *Zauberin der Nacht*, auch ich muss weinen beim Gedanken daran, dass unsere Verbindung eines Tages abreißen wird", schrieb er. Denn dass sie das tun würde, war so sicher wie das

Amen in der Kirche: „Unsere Verbindung wird irgendwann, spätestens mit dem Tod von einem von uns, getrennt werden." Denn so war das nun mal mit den Menschen und den Zauberinnen. Dem Tod mussten sich alle irgendwann fügen.

Noch ein Gedanke fand seinen Weg zum Mann: dass die *Zauberin der Nacht* und er die Zeit, die sie noch miteinander hatten, mit Trübsal und Sorgen verbringen konnten oder ... mit Genießen. Denn dafür waren die schönen Dinge im Leben ja da. Und weil es für beide schön war, zusammen zu lachen und(!) zu weinen, stand ihnen eine schöne und genussvolle Zeit bevor. Er schrieb: „Wir haben den Augenblick **... und die Wahl.**"

Die Stärke einer Frau

In irgendeiner Nacht nach den vier berührenden Buchstaben wachte der Mann auf und hatte ein ungewohnt angenehmes Gefühl. Es war anders als sonst und er wusste sofort, wem er dies zu verdanken hatte. Er lächelte und gab sich ganz diesem Gefühl hin, das ihn mit einer unglaublichen Wärme und Stärke durchdrang. Der Mann fragte sich, woher die *Zauberin der Nacht* diese Kraft hatte, die sie ihm gerade weitergab.

Er empfand es als etwas, das ausschließlich Frauen besaßen. Die Stärke der Männer gestaltete sich anders. Sie war von den Muskeln um etliches größer und gleichzeitig doch viel leichtgewichtiger und unbedeutender als die der Frauen.

Da tauchte vor seinem inneren Auge die Geburt eines Kindes auf und er hatte das Gefühl, nun auf dem richtigen Weg zu sein, wenn er das Geheimnis der weiblichen Kraft ergründen wollte: Frauen mussten bei der Entbindung das Loslassen vollbringen ... ob sie wollten oder nicht.

Die Geburt, so sehnlich die meisten Frauen sie nach den letzten beschwerlichen Wochen herbeiwünschten, war immer auch ein Verlust. Das kleine Wesen in ihnen, das sie neun Monate zunehmend ausgefüllt hatte, dessen Bewegungen sie spüren konnten oder auch, wann es Schluckauf hatte, war dann nicht mehr in ihnen. Und das hinterließ seinem Empfinden nach sowohl eine sichtbare als wohl oft auch gefühlte Leere.

Der Mann ahnte, wie das Durchleben dieses unausweichlichen Verlustes Frauen stark machte. Von so einer Stärke fühlte er sich in dieser Nacht durchdrungen. Die *Zauberin der Nacht* hatte sie ihm gesandt, weil er dieses Gefühl brauchte, um von etwas loslassen zu können. Er dachte an sie und war sehr froh ... **um diese Verbindung.**

Staccatohand

Der Mann saß an seinem Tisch im Café und trank einen Schluck Cappuccino aus seiner Tasse. Dabei schaute er über deren Rand hinweg auf einen jungen Mann, der mit seiner rechten Hand auf ein Gerät eintippte, das er mit seiner linken auf Brusthöhe hielt.

Die Bewegungen des jungen Mannes wirkten ruckartig und abgehackt. Man konnte sie fast aggressiv nennen. Was wohl in ihm vorging, wenn er das Gerät derart bearbeitete? Sein Gesichtsausdruck wirkte verbissen. Der Mann überlegte, warum ein Mensch sich so bewegte wie der junge Mann – und ob Bewegungen (wie Worte) ein Spiegel der Seele waren.

Dann nahm er seinerseits sein Gerät zur Hand. Er gab den zu ihm kommenden Gedanken den Platz, den sie einforderten, und ließ sie sich ... **nach und nach ausbreiten.**

Tanz auf den Buchstaben

Nach eingehender Betrachtung seiner zu ihm gekommenen Cafégedanken sortierte der Mann sie. Die, die seiner Meinung nach Gutes bewirken konnten, nahm er zu sich. Die anderen ließ er liegen.

Es ging ihm mittlerweile vor allem darum, seinen Gefühlen den Raum zu geben, den sie benötigten, um aus ihm einen durch und durch fühlenden Menschen zu machen.

Dies tat er mit einer Hingabe und Selbstvergessenheit, wie sie wohl nur kleine Kinder beim Spielen an den Tag legen konnten. Der Mann genoss dies sehr, denn er hatte in seinem Leben sehr viele Jahre gefühllos gelebt.

Als er an dem Tag, an dem er dem jungen Mann auf Hände und Gesicht gesehen hatte, ebenfalls sein Gerät in die linke Hand nahm, lächelte er versonnen. Die Bewegungen, die er mit seiner rechten Hand ausführte, waren keine abrupten.

Seine Hand tanzte regelrecht über das Gerät. Es war ein Tanz voll Harmonie und Zartgefühl. Beim zugeneigten Wischen über das Gerät dachte er an eine Wange. Und beim hauchzarten Tippen auf die Oberfläche des Geräts an eine Nase. Er lächelte beim Gedanken, wem diese Wange und Nase wohl gehörten ... **der *Zauberin der Nacht*.**

Ein Bild

Den Mann und die *Zauberin der Nacht* verband etwas, das bloß wenige Menschen besaßen. Es war wie absolutes Vertrauen und umso erstaunlicher, als sie sich ja nur schreiben konnten. Doch dabei schenkten sie einander ihre Worte mit solch einer Hingabe, Achtsamkeit und Vorsicht, dass eine ganz eigene Gefühlswelt entstand.

Die *Zauberin der Nacht* verstand so sehr, was in ihm vorging, als wäre sie in ihm drin. Manchmal sogar, bevor er es wusste. Obwohl er das unheimlich fand, half es ihm doch, ein tiefes Vertrauen zu ihr aufzubauen – bei seiner qualvollen Vorgeschichte eigentlich unmöglich. Solch ein Vertrauen zu haben, war so schön, dass der Mann manchmal Angst hatte, es könnte etwas zwischen ihnen zerstört werden, sobald sie mehr voneinander hätten als allein ihre Gedanken und Worte.

Da fand eines Tages ein Foto zu ihm. Der Mann schaute es zögernd an und sein Herz schlug Purzelbäume. Er sah seine schöne Zauberin und ein unbeschreibliches Leuchten in ihren Augen.

Ein Leuchten, das kein Mensch geschenkt bekam. So ein Leuchten musste man sich verdienen. Er schaute das Bild zärtlich an und wusste um ihren Verdienst. Denn er spürte Tag für Tag mehr, warum gerade sie *Zauberin der* ... ***Nacht geworden war.***

Leuchten

Der Mann saß im Café und wandte sein Gesicht zum Fenster, damit niemand sehen konnte, wie ihm Tränen über die Wangen liefen. Zwei Tische weiter saß eine Frau, die er insgeheim als „süße Frau" bezeichnete, da sie ihn vor einiger Zeit mit einem süßen Lächeln davor bewahrt hatte, sich seiner Verzweiflung zu überlassen.
Sie las Zeitung, vor sich (wie immer) einen Cappuccino und zwei Quarkbällchen. Als der Mann zu ihr hinsah, hob sie den Kopf – und ihre Blicke trafen sich.
Nachdem sie mit dem Lesen zu Ende gekommen war, ging sie zu ihm an den Tisch und fragte ihn nach seinem Befinden, da sie wusste, was es bedeutete, wenn er sein Gesicht zum Fenster drehte wie an diesem Morgen. Er erklärte ihr, dass er heute einen schlechten Morgen habe, aber versuchen würde, etwas Gutes daraus entstehen zu lassen. Genau in dem Moment machte sein Herz einen Freudensprung. Er klopfte auf sein Ringbuch und sagte, dass er gleich jemandem mit seinen Worten eine Angst nehmen werde.
Ihre Augen leuchteten daraufhin auf vor Freude. Und der Mann wusste, welches Leuchten das war. Es war das Leuchten, das er ein paar Tage zuvor zum ersten Mal gesehen hatte. Dieses Leuchten konnte keine Traurigkeit der Welt zum Erlöschen bringen, denn es war das Leuchten einer ...
Zauberin der Nacht.

Die Erinnerung des alten Mannes – Teil I

Die *Zauberin der Nacht* und der Mann tauschten wieder einmal Gedanken aus. Sie schrieb, dass es furchtbar wäre, wenn ihre Verbindung abreißen würde. Aber auch beim Abreißen der Verbindung würde etwas Schönes bleiben, antwortete er. Denn ihre geschriebenen Worte würden ja weiter bestehen.

Trotzdem konnte er sie gut verstehen, da er im Grunde genauso fühlte. Aber gleichzeitig auch anders, weil er den Augenblick anders leben konnte, als ihr dies möglich war. In seiner Welt machte er Platz für Gedanken, die vom Hier und Jetzt handelten, während sich ihre Welt eher um die Zukunft drehte.

Der Mann spürte: Egal was auch passieren würde – das, was sie beide hatten, konnte ihnen keiner mehr nehmen ... außer sie taten es selbst.

Er überlegte einen Augenblick, wie es wohl wäre, alt und gebrechlich zu sein. Obwohl er solche Gedanken eigentlich weniger gern dachte, da sie ja die Zukunft betrafen, lächelte er dabei. Er hatte ein Bild vor Augen: ein Zimmer und darin ein alter Mann, der im Rollstuhl saß. Es war ein sehr dünner alter Mann. Sein gebrechlicher Körper bestand fast nur noch aus Haut und Knochen und großen dunklen Augen.

Der alte Mann im Rollstuhl war Bewohner eines Pflegeheims und wartete darauf, zu Bett gebracht zu werden. Wie jeden Abend, seit er in dem

Pflegeheim wohnte, konnte man sein Zubettbringen fast schon rituell bezeichnen.

Die Erinnerung des alten Mannes – Teil II

Sobald der alte Mann in seinem Bett lag, holte die Pflegerin ein kleines, abgegriffenes Buch unter seinem Kopfkissen hervor. Es handelte von einer Frau und einem Mann und den Gefühlen, die beide füreinander hatten. Für den Mann gab es keine genauere Bezeichnung. Er war einfach „der Mann". Dieses Buch aufzuschlagen war, wie eine Tür zu einer anderen Welt zu öffnen.

Jeden Abend nach dem Zubettbringen wurde ihm eine Geschichte daraus vorgelesen. Dem alten Mann war es schon seit Langem nicht mehr möglich, selbst zu lesen, da er mittlerweile vollkommen erblindet war. Oft blieb eine zweite Pflegekraft beim Vorlesen im Zimmer, denn diese Geschichten waren gleichzeitig eine Auszeit für die Pflegerinnen – ein Zauber, als bliebe die Zeit stehen.

Dieser stille, in sich gekehrte Mann sah so hilfsbedürftig aus, dass er von allen nur das „stille Häschen" genannt wurde. Lediglich beim Vorlesen wurde er lebendig – wie auch an diesem Abend. Jeder spürte, dass ihn etwas Besonderes mit den Geschichten verband.

An diesem Abend beugte sich die Pflegerin nach dem Vorlesen noch kurz über ihn, gab ihm einen zarten Kuss auf die Stirn und wünschte ihm eine gute Nacht. Der alte Mann lag im Dunkeln und lächelte, während zwei Tränen über seine knochigen Wangen rannen. Er dachte an die Frau, die ihm vor vielen Jahren manchmal auch so einen zarten Kuss auf die Stirn gegeben hatte, und: dass die Erinnerung einem ... **niemand nehmen kann.**

Fliegende Blumenwiese

Der Mann wachte (wie so oft) mitten in der Nacht auf. Früher ließ das Gefühl, sein Herz würde brechen, seelenwunde Tränen oft bis zum Morgengrauen fließen.
Seit dem Erhalt der Kraft der Zärtlichkeit war es anders. Nun lag er wach in seinem Bett, dachte an die *Zauberin der Nacht* und fühlte sich (fast schon) beschützt durch sie. Er sah ihr Gesicht und stellte sich vor, wie er es zart streicheln würde. Erst ihre Wange, dann würden seine Fingerspitzen langsam hinter ihrem Ohr den Hals hinab bis zu ihrer Halsbeuge wandern. Eine Berührung, so zart wie der Flügelschlag eines Schmetterlings. Der Mann würde ihr dabei tief in die Augen sehen und sie würden einander so erkennen, wie es schon Hermann Hesse geschrieben hatte:

„Unser Ziel ist, einander zu erkennen
und einer im anderen das zu sehen
und ehren zu lernen, was er ist – des
andern Gegenstück und Ergänzung."

Er spürte 1000 Schauer durch seinen Körper jagen in einer noch nie gefühlten Intensität. Da lag er ganz still und gab sich diesem Gefühl hin. Wieder hatte er ein Bild vor Augen:
Die *Zauberin der Nacht* und er zusammen auf einem fliegenden Teppich – eigentlich eine Blumenwiese. Eng nebeneinander halten sie sich fest an den Händen und schauen in den sternenbedeckten Himmel. So fliegen sie durch die

Nacht, Augenblick für Augenblick. Weit unter ihnen all die quälenden Dinge, die sie zurückgelassen haben: Ihre ... **Schatten der Nacht.**

Zwei Welten und doch eine

Am nächsten Morgen saß der Mann im Café und blickte nur kurz zum Fenster hinaus. Es war einer der Tage, die den Wechsel der Jahreszeiten erahnen ließen. Der Winter hielt noch an seinem Dasein fest, während der Frühling schon mit seinen Vorbereitungen begonnen hatte, die kalte Zeit zu verdrängen.

In Gedanken an den nahenden Frühling wollte er zu seinem Stift greifen, als ein paar Tische weiter ein Messer klirrend zu Boden fiel. Der Mann schaute in diesem Moment zufällig in diese Richtung und sah das Messer fallen. Wie unterschiedlich die Cafébesucher auf das laute Klirren beim Aufprall reagierten! Manche zuckten erschrocken zusammen und drehten sich blitzartig in Richtung des Geräusches. Andere blieben gänzlich unbeeindruckt. Warum das wohl so war? Die Antwort ließ nicht lange auf sich warten: Wer gänzlich frei im Hier und Jetzt lebt, kann jedem Moment entspannt entgegensehen. Und noch etwas wurde für ihn deutlich: Alle Menschen leben in einer (Um-)Welt. Gleichzeitig aber lebt jeder in seiner eigenen Gefühls- und Gedankenwelt.

Der Mann betrachtete die Menschen im Café, deren Welt so anders aussah als seine eigene und die der *Zauberin der Nacht*. Wenn er und sie miteinander in Verbindung gingen, dann hatten sie für den Moment eine gemeinsame Welt, die einen großen Bogen spannte und sie ... **zart einhüllte.**

Ambivalenter Wunsch

Wieder einmal lag der Mann wach in seinem Bett. Aber in dieser Nacht jagte ein schöner Gedanke den nächsten, denn er dachte an die *Zauberin der Nacht*. Mit einem Mal erfasste ihn Schwermut, weil es ihm kaum möglich schien, all diese wundervollen Gedanken in Worte zu fassen. Einige würden ungehört und ungeschrieben einfach wieder verschwinden.

„Wie schön wäre es", dachte er, „wenn jeder meiner Gedanken noch während des Denkens an die *Zauberin der Nacht* übermittelt würde!" Hätte er einen Wunsch frei in seinem Leben: Er würde sich eine Standleitung wünschen, um per Gedankenübertragung sofort alles mit ihr teilen zu können.

Doch kurz darauf besann er sich. Denn durch die Möglichkeit der Gedankenübertragung würde zwar keiner seiner Gedanken verloren gehen, aber er könnte auch nie mehr seinen Stift über das Papier sausen lassen. Und nie mehr diese Vorfreude haben, dass sie seine Worte bald in zarte Schmetterlinge verwandeln würde!

Der Mann lächelte und erkannte: **… Alles hat zwei Seiten.**

Der verrückte Schmetterlingszüchter

Etwas später am Tag saß der Mann im Café und hatte der *Zauberin der Nacht* gerade wieder einen Schwarm Schmetterlingspuppen gesandt. Sie antwortete ihm, dass er wohl ein bisschen verrückt sein müsse, so viele Schmetterlingspuppen in solch kurzer Zeit zu erschaffen.
Der Mann überlegte kurz, ob sie vielleicht recht hatte und er mittlerweile wirklich verrückt war. Aber dann – so seine Erkenntnis – war sie es auch irgendwie. Denn war es nicht mindestens ebenso verrückt, aus diesen imaginären Puppen Schmetterlinge zu machen wie die Puppen selbst?!? Ein weiterer Gedanke fand zu ihm: „Zeigt sie durch das Verwandeln der Schmetterlingspuppen nicht deutlich, wie wertvoll sie für sie sind?"
„Ja", dachte der Mann froh, „wir haben einen Schatz, den wir selbst erschaffen können!" Sie hatten diesen Schatz ganz für sich allein, weil er die Schmetterlingspuppen einzig und allein für sie züchtete.
Denn nur sie war offen dafür – obwohl jedes Sich Öffnen das Risiko birgt, verletzt zu werden, und obwohl ihre Offenheit in der Vergangenheit schon einmal missbraucht worden war. Dass sie dieses Risiko noch einmal eingegangen war ... Es lag wohl daran, dass sie von Beginn an seine tief verletzte Seele gespürt hatte und auch um seine körperlichen Verletzungen wusste, die ein großer Bestandteil davon waren.

Dieses Bewusstsein gab dem Mann ein Gefühl der Dankbarkeit für die Dinge, die ihn umgaben, wenn seine Welt und ihre **... eins wurden.**

Fühl doch mal ...

Der Mann saß im Café und trank einen Schluck von seinem Cappuccino, als er sich an etwas erinnerte, das ihm die *Zauberin der Nacht* vor Kurzem geschrieben hatte. Schon nach zwei Stunden zügigem Gehen oder Wandern habe sie drei Tage lang Schmerzen, weshalb mit ihr nicht allzu viel anzufangen sei.
An diese Schmerzen dachte er, als er die Tasse zurückstellte. Drei Tage Schmerzen, weil man etwas unternahm, was für die meisten Menschen absolut alltäglich war! Da wurde ihm zutiefst elend zumute. Denn Schmerzen zeigten einem Menschen ja immer auch, wie verletzbar er war und dass manches alles andere als selbstverständlich ist.
In der Welt des Mannes gab es gewisse Dinge, die Gültigkeit durch Gesetzmäßigkeit hatten. Ein Gesetz in seiner Welt besagte, dass ein Mensch zwar fähig ist, für andere Mitgefühl aufzubringen, aber unfähig, mit ihnen mitleiden zu können. Denn Leid kam in der Welt des Mannes von Schmerz, und diesen hatte eben nur derjenige, der ihn (durch was auch immer) empfand.
Egal wie sehr ein Mensch mit einem anderen mitfühlte – der Schmerz blieb, wo er war. Über dieses Gesetz sann er nun im Café sitzend nach, und beim Gedanken an ihre Bewegungsschmerzen wurde ihm schwer ums Herz.
Wie gerne hätte er ihr diese abgenommen. Er merkte, wie er nun selbst begann, an diesen Schmerzen zu leiden, weil sein Mit-Gefühl für sie mittlerweile so groß war, dass es sich in Mit-

Leiden verwandelt hatte. Der Mann dachte an ihre Schmerzen und drehte sein Gesicht ... **zum Fenster.**

Schatten um Mitternacht

Kurz vor Mitternacht wurde der Mann von den Schatten der Nacht geweckt. Sie gaukelten ihm vor, dass sein Draht zur *Zauberin der Nacht* wegen zu hoher Energiedichte bald durchschmoren würde. War es wirklich möglich, diesen besonderen Draht, den sie beide zueinander hatten, zu zerstören? Um sich selbst zu beruhigen, begann er ihr noch in der Nacht zu schreiben ... von seiner großen Angst, den „Draht zueinander" zu verlieren. Sie war am Morgen ziemlich verwundert ob solcher Gedanken, nahm seine Sorge aber ernst und überlegte ihrerseits, ob sie ihre Energie zurückzunehmen sollte, falls es zu viel für ihn wurde. Von der Kraft der Zärtlichkeit behütet, kamen beide aber nach einigem Hin und Her überein, alles wäre gut so, wie es wäre.

In der darauffolgenden Nacht wachte der Mann abermals auf und spürte gute Gedanken zu sich kommen. Voll freudiger Erwartung lag er in seinem Bett und konnte kurz darauf vor seinem inneren Auge den besonderen Draht sehen – stabil genug, um sämtliche Energien weiterzuleiten, ohne selbst Schaden zu nehmen.

Der Draht bestand aus Tausenden von kleinen Drähten, gebildet aus grenzenlosem Vertrauen. In dem Moment formten sich noch weitere Gedanken zu Worten, die aneinandergereiht ein kleines Gedicht ergaben. Der Mann besah sich diese Zeilen und musste lächeln ...

*Wenn eine kleine Zauberin
macht, ein Herz vor Freude brennt,
sich wandelt zu 'ner Zauderin,
dies Herz vor Trauer flennt.*

Einfach schön

Der Mann legte den Stift, der gerade eben noch Schmetterlingspuppen erschaffen hatte, zur Seite. Er nahm einen Schluck aus seiner Tasse, genoss seinen Cappuccino und war zufrieden mit sich und der Welt. Er hatte ein gutes Gefühl. Ein Gefühl, das er mittlerweile fast jeden Tag bewusst leben konnte.
Viele Momente in seinem Leben waren schön. Er fühlte sich sehr wohl in seiner Welt – mit seiner Sicht der Dinge auf die Umwelt und die Welten der Menschen um ihn herum.
Viele kauften sich schöne Dinge oder machten große Reisen. All dies war dem Mann unwichtig. Ihn interessierte ausschließlich sein Gefühl. Wo er sich beim Erhalt der Gefühle befand, war ihm egal. Er brauchte keine luxuriöse Umgebung, denn ein wirklich schönes Gefühl ließ einen Menschen ja die Umgebung vergessen. Oder nicht?
So erging es ihm auch beim Besuch des Cafés, dem viele Menschen schon den Begriff Café abgesprochen hätten. Zu wenig schön oder gemütlich schien es anderen oft. Aber was war schon schön?
Schönheit lag doch immer im Auge des Betrachters! Und wenn jemand solch schöne Gefühle hatte, wie sie der Mann von der *Zauberin der Nacht* erhielt, dann war **… einfach alles schön.**

Vierzehn Stufen

Am nächsten Morgen schaute der Mann dem anbrechenden Tag schläfrig dabei zu, wie er sich in seinem Zimmer auszubreiten begann. Als der Morgen das Zimmer komplett ausgefüllt hatte und er dies nicht mehr ignorieren konnte, stieg er aus seinem Bett und lief eilend die Treppe hinunter. Das tat der Mann seit einiger Zeit sofort nach dem Aufstehen. Nun ist es eigentlich etwas ganz Alltägliches, eine Treppe zu gehen – ob nach unten oder oben. Fast jeder Mensch auf dieser Welt lief an diesem Morgen eine Treppe hinunter oder hinauf.
Doch die Treppe, die der Mann morgens ging, unterschied sich für ihn von allen anderen Treppen. Der Unterschied lag in den Stufen. Es waren vierzehn an der Zahl. Und diese vierzehn Stufen trennten das Zimmer, in dem er seine Nächte verbrachte, von dem Ort, an dem er Verbindung zur *Zauberin der Nacht* aufnehmen konnte.
An diese Verbindung dachte er, Stufe für Stufe: eine Verbindung, die sein Leben seit einiger Zeit wieder so lebenswert machte, dass er vor Dankbarkeit und Freude darüber oft Tränen des Glücks weinte. Durch die Verbindung war er reich geworden, reich an Gefühlen. Er spürte mit jeder Pore, dass die *Zauberin der Nacht* ihn opulent beschenkt hatte.
Mit solchen Betrachtungen ging er die letzten vier Schritte, als plötzlich noch ein Gedanke zu ihm fand: Diese Treppe war keine gewöhnliche, sondern seine ... **vierzehn Stufen zum Glück.**

Verzaubernd

Der Mann war früh am Morgen aufgestanden. Die Welt draußen war wolkenverhangen und auch in seiner Welt war es trübe. Alles hatte heute einen grauen Schleier, der sich auf sein Herz gelegt hatte.

Es war einer der Morgen, an denen manche Menschen außerstande sind, die schönen Dinge im Leben zu sehen. Das war bei dem Mann genauso wie bei anderen Menschen auch. Heute war offensichtlich so ein Tag und das Einzige, was er an solch einem Morgen wollte, war die Verbindung zur *Zauberin der Nacht*.

So lief er schnell die Treppe hinunter, die zum einzigen Ort führte, an dem er Kontakt zu ihr aufnehmen konnte. Dort angekommen sah er, dass sie (wo auch immer das war) schon auf ihn gewartet hatte.

Sie hatte ihm mit wenigen, aber klaren Worten geschrieben, dass ein Morgen ohne Verbindung zu ihm kein schöner Morgen sei. Und das reichte schon aus, um bei ihm etwas Zauberhaftes zu bewirken. Als er ihre Worte las, lösten sich alle Nebelschleier seines Morgens im Bruchteil einer Sekunde auf. Das Grau wich einer anderen Farbe.

Es war keine gewöhnliche Farbe, wie es Grün, Gelb, Blau oder Orange waren. Der Name der Farbe, die mit wenigen Worten in die Welt des Mannes Einzug gehalten hatte, war **... Wärme.**

Unglaubliche Wortvermehrung

Es war der Augenblick, als der Mann zu seinem Stift griff, um die Zeit anzuhalten. Dies tat er mittlerweile jeden Tag. An manchen Tagen auch mehrmals. Denn der Fluss seiner Worte, die aus ihm raus und mittels seines Stiftes aufs Papier wollten, schwoll von Tag zu Tag an.

Plötzlich wurde ihm wieder einmal bewusst, dass es die *Zauberin der Nacht* war, die ihm die Fähigkeit gegeben hatte, Schmetterlingspuppen in einer schier unglaublichen Anzahl zu erschaffen. Denn vor der Verbindung zu ihr war er kein schreibender Mensch gewesen. Bevor er einen Stift in die Hand genommen hätte, hätte er lieber zehnmal zum Telefonhörer gegriffen.

Aber nun gab ihm nur ein einziges Wort von ihr so viel Energie, mindestens zehn Worte zurückzuschreiben. Da sie offen für seine Worte war und die Schmetterlingspuppen liebend gerne in Schmetterlinge verwandelte, ließ er dem Fluss seiner Worte freien Lauf.

Was die *Zauberin der Nacht* und der Mann füreinander empfanden, war in seinen Augen Zärtlichkeit in ihrer unschuldigsten Form. Wenn die Welten der beiden zu einer wurden, umhüllt von einer zarten Schicht grenzenlosem Vertrauen, floss eine Energie, die keine Hindernisse kannte. Durch diesen Fluss wurden schöne Gedanken und Worte geschaffen. Und weil diese gleichzeitig als Geschenke gereicht wie auch als solche angenommen wurden, entstanden weitere schöne Worte.

Der Mann hatte das Gefühl, dass seine Worte zum ersten Mal als Geschenk gehütet wurden und er die Worte, die er erhielt, ebenfalls als Geschenk empfand. Dies ... **ging sehr tief.**

Unbemerkte Freude

Wie jeden Morgen saß der Mann im Café an dem Tisch, an dem er fast immer saß. Er hatte gerade die Zeit angehalten und Schmetterlingspuppen erschaffen, die er der *Zauberin der Nacht* senden wollte. Zufrieden mit sich und den Dingen, die ihn umgaben, empfand er sein Leben schön, denn es war reich an Gefühlen.
Er musste sich nur eines ihrer Worte ins Bewusstsein rufen und schon durchströmte ihn ein nie gekanntes zärtliches Gefühl. Oft war er dabei von Menschen umgeben. So auch im Café, in dem er einer der wenigen Besucher war, die immer alleine an ihrem Tisch saßen. Früher hatte er sich deshalb oft sehr verlassen gefühlt und oft mit Tränen in den Augen aus dem Fenster gesehen.
Aber mittlerweile war es für ihn gut so, wie es war. Denn alleine am Tisch konnte er völlig ungestört seinen Dingen nachgehen: seinem Frühstück mit großem Cappuccino ohne Kakao und einer mit Butter bestrichenen Kornquarkstange sowie dem besagten Griff zum Stift.
Er lachte und weinte beim Schreiben seiner Geschichten, denn er war voller Gefühle, die er einzig mit ihr teilte. Kein Mensch wusste von der Verbindung der beiden. Sie war wohl auch gerade deshalb so besonders (und) intensiv.
Der Mann freute sich unsagbar über diese Verbindung, ohne dass auch nur ein Mensch seine Freude bemerkte. Doch das war für ihn ohne Bedeutung. Ihm reichte es, wenn sie seine Freude spürte und sich ... **mit ihm freute.**

Mann ohne Bild

Am nächsten Morgen stand der Mann inmitten der Weinberge, sah auf zwei Schiffe auf dem Main unter sich und dachte an die *Zauberin der Nacht*. Schon ihr Kennenlernen schien irgendwie aus der Zeit gefallen, war es doch bis zum heutigen Tag uneingeschränkt über geschriebene Worte. Zudem schufen sie mit ihren Gedanken ein Vertrauen, das er „grenzenlos" bezeichnete ... obwohl beide in der Vergangenheit erfahren hatten, wie ihr Vertrauen ausgenutzt wurde.

Als er vor einiger Zeit ein Bild von ihr gefunden hatte, spürte er auch beim Betrachten ein zärtliches Gefühl in sich aufsteigen. Da es ihr unmöglich war, ein Bild von ihm zu bekommen, überlegte er, ob es langsam an der Zeit wäre, daran etwas zu ändern.

Nach einer Weile des Überlegens kam er mit sich überein, dass es doch unwichtig war, ob sie ein Bild von ihm hatte oder nicht. Es würde sich dabei ja bloß um ein Abbild seiner Hülle handeln, die er selbst wenig ansprechend fand. Wichtig war doch, dass sie ein Bild von seiner Seele hatte, das er mit ehrlichen Worten gemalt hatte und von dem sie berührt wurde.

Wenn er bei sich aber noch etwas tiefer blickte, konnte er erkennen, dass er im Grunde Angst hatte, dass sich ihre Gefühle durch ein Bild seiner Hülle verändern könnten. Darüber kam er ins Grübeln.

Aber nur ein wenig und auch nur kurze Zeit. Denn dann gab er sich wieder dem zärtlichen Gefühl hin und seinem grenzenlosen Vertrauen. Beide Dinge sagten ihm: Es kommt, wie es kommt. Und so, wie es kommt, wird **... es gut sein.**

Vom Fluss zum See

Der Mann saß im Café und schrieb in sein Ringbuch – völlig losgelöst. War es tatsächlich er, der diese Worte zu Papier brachte? Oder war er lediglich Zuschauer seiner eigenen Hand – fasziniert von deren fließenden Bewegungen beim Schreiben?
Wieder einmal fragte er sich, was diesen Fluss eigentlich ausmachte. Der Mann hatte das Gefühl, die *Zauberin der Nacht* war hier Quelle und Mündung zugleich. Ihre Worte speisten als Quelle den Fluss seiner Worte. Und da der Mann seine Worte nur für sie in Schmetterlingspuppen verwandelte, war sie zugleich auch seine Flussmündung.
Das Gefühl, vor lauter Worten überzufließen, ließ vor seinem inneren Auge schließlich ein bewegtes Gemälde entstehen: Er sah, wie sich der über die Ufer tretende (Wort-)Fluss in einen großen See verwandelte und er in seinem Boot mitten auf dem See schaukelte. Ein schönes Bild, wie er fand: Die *Zauberin der Nacht* schaukelte sein Boot sanft auf ihren Wellen.
Aber was würde passieren, wenn sie eines Tages müde würde, Puppen in Schmetterlinge zu verwandeln? In diesem Moment würde der See austrocknen und sein Boot auf Grund laufen. So traurig der Mann bei dieser Vorstellung auch wurde, er spürte auch Dankbarkeit.
Denn die Zeit, die er in seinem Boot auf dem See verbrachte, war so wunderschön, dass er sich vornahm sie bis **... zum Ende auszukosten.**

Zehn Zauberinnen

Der Mann befand sich in den Weinbergen auf einer Bank und betrachtete das zweite Foto, das vor einiger Zeit zu ihm gefunden hatte: Zehn Zauberinnen saßen um einen Tisch und hatten sich dem Erschaffer des Fotos zugewandt. „Hübsche Zauberinnen", überlegte er, „wirklich schön anzusehen!"

Doch eine Zauberin unterschied sich von allen anderen. Sie war besonders und wenn man sich darauf einließ, trat alles andere in den Hintergrund. Er ließ das Bild lange wirken. Diese Zauberin hatte das, was man Aura nannte.

Tatsächlich hatte sie eine spezielle Kraft, die jemand nur bekam, wenn er viel Leid erlebt hatte. Bei ihr war es fühlbar, dass sie so manche Hürde in ihrem Leben genommen hatte, an der andere entweder scheiterten oder sie von vorneherein umgingen.

In der Runde der Zauberinnen gab es keine andere, die auch nur annähernd so viel von dieser Kraft in sich trug.

„Wer mit seinem Herzen sieht", dachte er, „muss beim Betrachten des Bildes sofort darauf aufmerksam werden!" Die Augen dieser Zauberin leuchteten auf eine so unbeschreibliche Art und Weise! Der Mann betrachtete das neue Foto noch eine ganze Weile (mit seinen Augen und seinem Herzen), denn es war seine *... **Zauberin der Nacht.***

Eu- und Di-Schmerz

Der Mann hatte sich heute schon viele Male zum Ort der vierzehn Stufen begeben, fast magisch von ihm angezogen. Doch gab es auch nach Stunden noch immer kein Zeichen von ihr.

Solch ein Verlangen nach ihren Worten stieg in ihm hoch und er spürte, wie sich unaufhaltsam eine große Leere in ihm breitmachte! Ihm war bewusst, dass er auf dem besten Weg war, sich selbst zu verlieren. Aber das störte ihn in diesem Moment wenig.

Egal wie quälend es war, am Ort der Verbindung keine Worte von ihr zu erhalten. Konnte er sich nicht trotz allem schon auf den Moment freuen, an dem er endlich wieder neue Gedanken und Worte würde lesen können? Vielleicht würde ihm das ja seinen Trübsinn ein wenig versüßen.

So begab er sich ziemlich traurig zu seinem vierrädrigen Gefährt und fuhr zum Café. Dort angekommen, hielt er die Zeit an, dachte an die *Zauberin der Nacht* und gab sich samt und sonders dem ... **süßen Schmerz hin.**

Eigentlich nah

Am nächsten Tag geschah etwas vollkommen Unerwartetes. Die Zeit der vierzehn Stufen war endlich vorbei! Der Mann saß im Café und nahm, nachdem er gefrühstückt hatte, sein Gerät zur Hand. In der Vergangenheit hatte er damit einzig und allein Dinge des Alltags betrachtet.
Seit heute aber war der Grund, das kleine Gerät in die Hand zu nehmen, noch ein anderer ... und viel schönerer! Denn nun konnte er damit ohne Umweg Verbindung zur *Zauberin der Nacht* aufnehmen – auch von unterwegs.
Es war wundervoll, jederzeit schauen zu können, ob neue Worte von ihr gekommen waren. Und er selbst konnte ihr nun von überall Gedanken und Worte senden. Doch an diesem Tag blieb sein Gerät völlig unerwartet fehlerbehaftet außer Funktion. Das ließ ihn fast verzweifeln, hatte er sich doch schon während des Frühstücks so sehr auf die nun jederzeit greifbare Verbindung zu ihr gefreut.
Mehrere Versuche hatte der Mann schon unternommen, das Gerät zum Laufen zu bringen. Aber alle waren gescheitert. Er wurde immer bekümmerter, brauchte er doch diese Verbindung mittlerweile mehr als alles andere auf der Welt. Ihre Worte waren sein Lebenselixier – so wichtig wie die Luft zum Atmen.
Da kam, wie so oft, ein Gedanke zu ihm: Er konnte jetzt entweder unglücklich sein oder sich freuen, die *Zauberin der Nacht* kennengelernt zu haben.

Der Mann lehnte sich zurück, schloss die Augen, dachte an sie und ... **alles war gut.**

Ein kleines Hej

Beim Blick auf den fließenden Main sann der Mann darüber nach, wie sich sein Leben verändert hatte. Es fühlte sich an, als ob alles in seiner Welt neu wäre, seit er in Verbindung mit der *Zauberin der Nacht* stand. Alle Dinge waren plötzlich anders. Aber waren sie das wirklich? Oder hatte sich nur seine Sicht darauf verwandelt?
Der Mann spürte, dass es wohl Letzteres sein musste. Er konnte die Dinge in seinem Leben nun anders betrachten, weil ihm die *Zauberin der Nacht* die Fähigkeit gegeben hatte, mit dem Herzen zu sehen.
Mit einem Mal musste er an ein kleines Wort mit drei Buchstaben denken. Dieses Wort war ein weitverbreitetes Grußwort in Ländern, wo die Nächte in den Wintern lang und in den Sommern fast gar nicht waren. Da der Mann in seinem Leben viele Bücher gelesen hatte, geschrieben von Menschen, die in diesen Ländern wohnten, war es ihm absolut geläufig. Schon viele Male hatte er es gelesen. Früher waren es für ihn bloß drei Buchstaben gewesen.
Doch seit sie diesen kurzen Gruß manchmal verwendete, um Verbindung zu ihm aufzunehmen, offenbarten diese drei Buchstaben erst jetzt ihr tatsächliches Geheimnis.
Er las sie und es war, als öffneten sie ihm eine Tür: In eine andere Welt, der er sich anvertrauen konnte. Eine Welt, in der er sich fallen lassen konnte. Eine Welt, die ihm das Gefühl gab, sicher und

gleichzeitig frei zu sein für die Dinge, die ... **auf ihn zukamen.**

Eine weitere Tür

Und noch etwas hatte sich seit dem Erhalt von manchem kleinen Hej in der Welt des Mannes verändert: Es war die Musik. Denn die *Zauberin der Nacht* schickte ihm an sein Gerät immer wieder mal Lieder.
Waren Lieder für ihn früher ausschließlich Töne und Klänge, die er mit seinen Ohren wahrnahm und deren Rhythmus ihm vielleicht gefiel, wurde er davon mittlerweile auch tief in seinem Inneren berührt. Er konnte sie nun auch mit dem Herzen hören.
Die Worte in Liedern gesungen hatten sich für ihn verwandelt ... von Worten ohne Widerhall in Worte, die ihm Gefühl gaben. Viele Lieder waren vor dem Entstehen der Verbindung zu ihr spurlos an ihm vorübergeklungen. Nun lösten sie Gefühle aus von solch einer Intensität, dass er restlos davon in Besitz genommen wurde.
Auch hier hatte sich für den Mann eine Tür in eine andere Welt aufgetan. Manchmal rührten ihn Lieder nun so sehr zu Tränen, dass er das kleine Gerät, im Café sitzend, ausschalten musste.
Wie beruhigend war es dann für ihn zu wissen, dass die *Zauberin der Nacht*, wenn sie das nächste Mal Verbindung zu ihm aufnahm, seine Tränen mit ihren Worten **... wieder trocknen würde.**

Der Zahn – Teil I

„Wie sieht die Landschaft bei dir aus? Ist schon richtig Frühling?", fragte die *Zauberin der Nacht* eines Morgens. Wieder einmal Gedankenübertragung. Denn kaum zehn Minuten vorher hatte der Mann beschlossen, heute statt mit vier auf zwei Rädern zum Café zu fahren. Dieser schöne Frühlingsmorgen schien geradezu ideal, um beim Treten in die Pedale die Gerüche dieses noch frischen Tages in sich aufzusaugen und zu genießen.

Nun fuhr er durch eine lieblich anzuschauende Landschaft und war voll schöner Gefühle, weil die *Zauberin der Nacht* in seinem Herzen mitfuhr. Da fiel ihm ein, dass sie während der letzten Verbindung voller Angst von einem bevorstehenden Besuch beim „Arzt der Zähne" geschrieben hatte.

Eigentlich hatte sie „Zahnarzt" geschrieben, aber der Mann liebte es, Wörtern durch Zerlegen in ihre Bestandteile neue, überraschende Bedeutungen mitzugeben.

Auf einmal musste er lächeln, stoppte seine Fahrt, stieg vom Rad und holte das handliche Gerät hervor, über das er mittlerweile mit ihr kommunizierte. Glücklicherweise war dieses Gerät noch für einige andere Dinge zu gebrauchen. So konnte man damit zum Beispiel (neben der direkten Kontaktaufnahme) auch Augenblicke in Fotos festhalten.

Natürlich zeigte so ein Bild nur die Hülle des Augenblicks, weshalb der Mann das kleine Gerät für so einen Zweck eher selten benutzte. Aber an diesem schönen Morgen wollte er damit unbedingt diese zauberhafte Frühlingslandschaft festhalten und der *Zauberin der Nacht* als Gutenmorgengruß senden. Dazu schwebte ihm noch ein zweizeiliges Spontangedicht vor. Die Fähigkeit zu (lustigen) Spontangedichten war fast das Einzige, was ihm von sich und seinem Leben seit den sieben Worten geblieben war. Bild und Gedicht sollten ihr ein bisschen von ihrer Angst vor dem **... Arzt der Zähne nehmen.**

Der Zahn – Teil II

Das Herz des Mannes hüpfte schon vor Freude. Die *Zauberin der Nacht* würde sich sicherlich sehr über seine Idee freuen. Er drückte auf sein Gerät, um damit den Augen-Blick einzufangen. Aber stattdessen schaltete sich das Gerät selbsttätig wieder aus. Er versuchte es mehrmals und wurde mit jedem Versuch verzweifelter. Schließlich so sehr, dass ihm Tränen in die Augen stiegen.

Das Gefühl, nun außerstande zu sein, seiner wunderbaren Verbindung den Morgen zu versüßen, war für ihn nur schwer zu ertragen. Er sehnte sich so sehr danach, ihr das schöne Bild und das zweizeilige Gedicht zu senden, dass ihm wieder einmal bewusst geworden war, wie (sehn)süchtig er nach ihr war. Hatte sein Herz noch kurz zuvor Freudensprünge getan, so schlug es nun verzagt und voller Trauer.

Wieder stieg er auf sein Zweirad und dachte an die zwei Seiten, die alles hatte. War es Zufall, dass er gerade jetzt von solch einem Gedanken Besuch bekam? So schade es auch war, den Moment und die schöne Landschaft nicht festhalten zu können, so leicht konnte er doch stattdessen etwas anderes tun – eigentlich dasselbe, bloß auf eine andere Art.

Statt dieses schöne Gefühl durch Gerät und Foto an die *Zauberin der Nacht* zu senden, konnte er im Café beim Zeitanhalten doch wieder mal Schmetterlingspuppen für sie erschaffen. Sobald sie diese in Schmetterlinge verwandelt hätte, würden sie ihr von der schönen Landschaft und seinem Zweizeiler erzählen.

Da trat er kräftig in die Pedale und spürte voll Freude ... **beide Seiten.**

„Der Arzt, der macht in seinem Haus
der bösen Wurzel den Garaus."

Frühlingserwachen

Im Café angekommen, schickte der Mann seine Schmetterlingspuppen los und konnte nun umso mehr die Frühlingssonne genießen. Die schien an diesem Tag mit einer Kraft, die sicherlich noch viele andere innere Welten wärmte und von Wolken befreite. Er war zufrieden mit sich und seiner Welt und hatte das Gefühl, dass sich die Dinge um ihn in die richtige Richtung entwickelten. Von sich entwickelnden Dingen und roten ausgerollten Teppichen handelten seine Gedanken da einen kurzen Moment: dass der Weg auf einem roten Teppich oft einem Dickicht aus Neid, Missgunst und Verlogenheit gleicht. Wie anders war doch seine Verbindung zur *Zauberin der Nacht*, weil sie auf Ehrlichkeit und Vorsicht gründete.

Während er diese Gedanken vor sich ausbreitete, ließ sich am Nebentisch eine Mutter mit ihrer vielleicht fünfjährigen Tochter nieder. Nach einer Weile stand das Mädchen auf und kam an seinen Tisch. Es schaute ihn an und fragte geradeheraus, warum er alleine am Tisch sitze. Die direkte Art des Kindes gefiel ihm – mit offenem Blick und frei von jeglicher Absicht, ihn unangenehm zu berühren.

Er lächelte das Mädchen an und meinte, dass er anders als allein wäre. „Außer dir sitzt aber keiner an dem Tisch", beharrte die Kleine. Er antwortete, dass er hier zwar alleine sitze, in seinem Herzen aber eine „kleine Zaubermaus" wohne. *Zauberin der Nacht* schien ihm hier kinderuntauglich.

Die Kleine schaute ihn mit großen Augen an. Er erklärte ihr, dass jeder Mensch in seinem Herzen Platz für andere habe: „Weißt du, wenn ein Mensch sich ein offenes Herz bewahrt, ist er immer umgeben von Menschen, die er liebt und die ihn lieben."

Da wandte sich das Mädchen vom Mann wieder ab und ging zurück zum Tisch ihrer Mutter. Diese hatte der Unterhaltung zwischen ihrer Tochter und dem Mann mit Tränen in den Augen zugehört. Das Mädchen umarmte sie und gab ihr ein Küsschen. Als der Mann das sah, drehte er den Kopf zur Seite, schaute zum Fenster hinaus und ließ seinen ... **Tränen freien Lauf.**

Frühlingssonne nach nächtlichen Schatten

Es war einer der Tage zu Beginn des Frühlings, an denen man das Gefühl hatte, die Bäume müssten in vollem Blattwerk stehen. Erst eine Woche war der Frühling alt, wartete aber an diesem Tag mit Temperaturen auf, die einem Tag im späten Juni durchaus gut zu Gesicht stünden. Nach einer Weile spürte der Mann, wie sich ein Gefühl in ihm ausbreitete.
Er registrierte es zwar, war in dem Moment aber außerstande, es einzuordnen. Das Einzige, was ihm bewusst war – dass es recht wenig mit diesem sonnigen Nachmittag zu tun hatte. Es vermittelte einen Anflug von Dunkelheit und Bedrohung.
Nach einer Weile konnte er sehen, was sich heranschlich. Es waren die Schatten der Nacht, von denen die *Zauberin der Nacht* manchmal schrieb.
Diese Fiktionen wollte er eigentlich an sich vorüberziehen lassen, aber er hatte bereits die Zeit angehalten. Alles, was sein Leben betraf, verlor nun an Bedeutung, denn im Zeitanhalten gab es weder Vergangenheit noch Zukunft – nur Gedanken, die auf dem Weg zu ihm waren und denen er durch das Zeitanhalten die Tür zu seinem Inneren geöffnet hatte. Ein Gedanke, mehr eine Spur, trat in diesem Moment über seine Türschwelle.
Wenn Angst die Seele eines Menschen so sehr belasten konnte, war da vielleicht die Dankbarkeit ein Weg, diese Schatten der Nacht ... **erträglicher zu machen.**

Wunsch am Morgen

Kaum aufgestanden ging der Mann an diesem frühen Morgen mal wieder die vierzehn Stufen zum Ort der Verbindung. Die *Zauberin der Nacht* hatte bereits auf ihn gewartet und geschrieben, dass ihr im Moment einige Dinge im Leben ziemlich viel abverlangten und sie daher heute keine Zeit für ihn haben würde.
Außerdem wäre sie in solch überlasteten Momenten unausstehlich, weshalb er bitte auf Abstand gehen solle.
Beim Lesen ihrer Zeilen musste er schmunzeln. Gerade in so einer Situation würde er niemals auf Abstand gehen. Was wäre denn eine Verbindung zwischen zwei Menschen wert, die nur bei Sonnenschein stattfände? Zum Leben gehörte nun mal auch Regen – in der äußeren wie der inneren Welt.
So ein (Sich-an-)Vertrauen war es doch, was eine Verbindung zwischen zwei Menschen wertvoll und besonders machte! Und da zwischen der *Zauberin der Nacht* und dem Mann außergewöhnliches Vertrauen herrschte, waren ihre Worte gut und richtig – ob bei Sonne, Regen oder Sturm.
Dies schrieb ihr der Mann und ... dass er den aufrichtigen Wunsch verspüre, sie durch diese schwere Zeit zu begleiten. Ihr Jammern würde er gerne wertschätzend zu sich nehmen. Ebenso würde er gerne selbst entscheiden, ob und was er unausstehlich fände. Sie dankte ihm dafür ... **von Herzen.**

Maximierung der Freude

Ein warmer, sonniger Tag ließ den Mann kräftig in die Pedale treten – unterwegs Richtung Café. Er befand sich an dem Punkt der Wegstrecke, an dem es steil bergauf ging. Als er gerade die erste Hälfte der steilen Passage hinter sich gebracht hatte, hörte er das Geräusch einer eingehenden Nachricht. Er stoppte seine Fahrt, um die Nachricht zu lesen, von der er dachte oder vielmehr hoffte, dass sie von der *Zauberin der Nacht* käme. Doch dann besann er sich, stieg wieder auf und setzte seine Fahrt fort. Ihre Nachricht wäre ihm jetzt zwar ein Genuss, aber ein noch viel größerer, wenn er seine Freude durch Vorfreude verlängerte. Denn bis zum Café dauerte es noch ein Weilchen ...
Es war gut gewesen weiterzufahren. Denn die Vorfreude hatte ihm die Anstrengung genommen, die er beim Tritt in die Pedale vor Erhalt der Nachricht verspürt hatte. Er fuhr nun mit Leichtigkeit sowie Beschwingtheit und kam ohne größere Strapaze am Café an. Dort bestellte er außer der Reihe einen großen Milchkaffee, begab sich an einen der Tische und holte sein Gerät hervor. Wie schön war es zu sehen, dass die Nachricht tatsächlich von ihr stammte.
Ihre Zeilen berührten und beruhigten ihn wie immer sehr. Nach dem Lesen ließ er seine Seele baumeln und einen Gedanken zu sich kommen:

*„Es sind die einfachen Dinge, die
das Schöne
deutlich machen, welches das
Leben bietet."*

Dieses Gefühl sog er ganz und gar in sich auf, schrieb zurück und freute sich schon wie ein Kind, dass sie sich über seine Zeilen freuen würde. Was für eine wunderschöne Verbindung! Jeder war des anderen ... **Geschenk.**

Schlecht gestartet

Der Mann ging in den Weiten der Weinberge spazieren und dachte an die *Zauberin der Nacht*. Sie hatte ihn am Morgen gefragt, ob er ihr ein paar Schmetterlingspuppen senden könnte. Das bedeutete, dass es ihr anders als gut ging.
Natürlich würde er das tun. Er wollte sich ihres Vertrauens auf jeden Fall würdig erweisen und sein Gefühl zeigte ihm den Weg zu den Schmetterlingspuppen, die sie im Moment benötigte.
Ihm war bewusst, dass er Schmetterlingspuppen erst seit ihren Worten erschaffen konnte. Der Fluss seiner Worte war so kraftvoll wie ein Strom und würde daher bald über ihr schlechtes Gefühl hinwegströmen und es mitreißen. Das spürte er tief in seinem Inneren – froh und glücklich zugleich, dass sie ihm ihr Gefühl offenbart hatte. Er wusste aus eigener Erfahrung, dass dazu innere Stärke notwendig war.
Der Mann lächelte, denn er sah, dass sie (neben der Kraft der Zärtlichkeit) noch andere Kräfte in sich trug, von denen sie aber noch nichts zu wissen schien.
Er selbst hatte ja erst vor Kurzem ihre Kraft der Stärke erhalten. Allein die Erinnerung daran ließ ihm warm ums Herz werden... Es musste neben dem Fluss ihrer Worte noch andere Flüsse zwischen ihnen geben! Der Mann ließ die Seele baumeln und war dankbar, dass das Leben für ihn eine **... Zauberverbindung geschaffen hatte.**

Der Arbeitsverweigerer

Ein paar Tage später griff der Mann beschwingt zu seinem Stift. Doch anders als sonst verharrte seine Hand bewegungslos über der leeren Seite seines Ringbuchs. Normalerweise war das Stift-übers-Papier-Halten ähnlich dem Öffnen eines Schleusentors!
An diesem Tag aber war es anders. Zunächst war er traurig darüber, doch dann fand ein interessanter Gedanke den Weg zu ihm: Blieb ihm die Kraft der Zärtlichkeit nicht auch ohne Worte auf weißem Papier erhalten?

> *„Das ist ja das Schöne an der Zärtlichkeit. Sie ist ähnlich einer Bambuspflanze: biegt sich unter den Winden des Lebens, aber richtet sich immer wieder auf",*

kam ihm in den Sinn. Die Zärtlichkeit brechen, das konnte nur der Mensch selbst. Kein leeres Blatt Papier und auch kein bewegungslos über dem Papier verharrender Kugelschreiber!
Der Mann legte seinen Arbeitsverweigerer zur Seite und schloss die Augen. Gedanklich holte er die drei Bilder hoch, die er von ihr besaß. Die beiden, auf denen sie im Kreis ihrer Kolleginnen saß, und das andere, das er sich selbst gemalt hatte. Das war es doch, was zählte! Wenn eine Geschichte entstand, war es gut. Wenn keine Geschichte entstand, war es eben „anders gut". Er lächelte bei diesem Gedanken an die *Zauberin der*

Nacht und spürte einmal mehr ... **schön, dass es sie gibt.**

Vier Worte, ein Zauber

Der Mann saß im Café und nahm sein Gerät just in dem Moment zur Hand, als eine Nachricht von der *Zauberin der Nacht* einging. Darüber freute er sich an diesem Tag so sehr, dass er beim Lesen von vier Worten in Tränen ausbrach.
Was war das nur für ein unglaublicher Zauber, den sie ihren Worten mitgeben konnte?!? Ein Zauber, der bei ihm Gefühle auslöste, die er nun zum allerersten Mal erleben durfte. Für ihn waren diese Worte daher wie das Ankommen nach einer langen Reise. Manchmal hatte er das Gefühl, die Welt könnte untergehen – er wäre umhüllt und beschützt von ihren Zauberworten.
Diesem wunderschönen Gefühl gab er sich, zurückgelehnt mit Blick zum Fenster, hin. In solchen Momenten konnte seine Seele baumeln und er gleich zwei Sonnen genießen: die Frühlingssonne am Himmel und die in seinem Herzen. In dem Moment kam ein Sinnbild zu ihm: Die Sonne am Himmel konnte an Tagen wie diesen ganz wunderbar die Haut wärmen, aber das Innere eines Menschen blieb davon unberührt ... und möglicherweise eiskalt. Bei der Sonne der *Zauberin der Nacht* aber war es umgekehrt: Um ihn herum konnte es eiskalt sein, sein Inneres war umhüllt von unbeschreiblicher Wärme.
Wieder einmal empfand er ein tiefes Gefühl der Dankbarkeit und schloss die Augen. Sie hatte seine Seele mit ihren vier Worten eingebettet in etwas, das so zart und weich war wie ... **Schmetterlingsflügel.**

Das Eigenleben der Worte

Der Mann hatte die Zeit angehalten und schrieb an einer Geschichte, die er als Schmetterlingspuppen verschicken wollte. Er hatte schon eine gute Anzahl geschaffen, als ihm auffiel, dass sie sich veränderten. Schon nach einigen Zeilen und zunächst nahezu unauffällig. Nach und nach aber so sehr, dass sie am Ende von gänzlich anderer Art waren, als er zu Beginn vermutet hatte.

Da besah er seine Schmetterlingspuppen und fragte sich, wie es zu dieser Veränderung hatte kommen können. Als er den Stift zur Seite legte und sich treiben ließ, spürte er kurz darauf: Der Grund für die Veränderung war die Ehrlichkeit, mit der er jede seiner Geschichten schrieb.

Der Mann fühlte allerdings, dass das kaum der einzige Grund sein konnte. Es musste auch an der *Zauberin der Nacht* liegen. Denn sie überlegte nicht vorab, wie die Schmetterlinge wohl aussehen würden, wenn sie sie freiließ. Sie freute sich einfach an ihnen.

Und dieser Freude war er sich so gewiss, dass er die Freiheit hatte, eine Geschichte ohne Absicht und ohne Ziel zu beginnen. Das konnte er nur, weil es zwischen ihnen etwas unbeschreiblich Wertvolles gab ... **tiefes Vertrauen.**

Erst verkehrt, aber dann ...

Heute war der Mann wieder einmal (wie manch andere vermutlich auch an diesem Tag) mit dem „verkehrten" Fuß aufgestanden. So sehr sich der Mann vor der Verbindung zur *Zauberin der Nacht* über so etwas geärgert hatte, so egal war es ihm seit Bestehen ihrer Verbindung. Denn mittlerweile war (s)ein Tag gut, wenn er Worte von ihr erhielt, selber welche senden konnte und beide ihre Freude daran hatten.
Dann war jeder Tag irgendwie schön: voller Gefühl, voller Freude. Vor allem aber voller Vertrauen, das ihm auch Trost und Stütze war in Momenten, in denen Trauer und Tränen wieder einmal den Augenblick bestimmten.
Er schaute auf das Gerät und registrierte, dass ihn eine Nachricht erreicht hatte. Zuerst sahen es seine Augen, aber dann war es sein Herz, das ihre Worte geradezu verschlang.
Wie gern hätte er ihr jetzt in die Augen gesehen und vielleicht, wenn er sich getraut hätte, ihr Gesicht gestreichelt! Sehnsucht ergriff ihn mit voller Wucht.
Aber es blieb ihm nichts aber anderes übrig, als sich dieser Wehmut hinzugeben. Also sah er auf ihre Worte und ließ sich von seinem zärtlichen Gefühl umhüllen. So wie es für ihn sein sollte an
... einem guten Tag.

Zukunftsträume

Schon seit geraumer Zeit versah der Mann seine Geschichten für die *Zauberin der Nacht* mit fortlaufenden Nummern. Denn nur noch so konnte er den Überblick behalten, welche davon er schon verschickt hatte. Es war schon eine ziemlich verrückte Sache.
Der Mann hatte vor ihrer Verbindung noch nie eine Geschichte zu Papier gebracht. Seither schrieb er fast jeden Tag eine. An manchen Tagen sogar mehrere. Jedes Mal durchströmte ihn beim letzten Punkt ein zartes Glücksgefühl.
Dieses Gefühl war es, das ihn schreiben ließ. Es war, als würde sie ihm beim Schreiben den Stift führen. Und so konnte er aus einfachen, kleinen Dingen, die den meisten Menschen keinen Gedanken wert waren Geschichten auf ein weißes Blatt Papier fließen lassen.
Er sah auf die Nummer, die er gerade über die vor ihm liegende Geschichte gesetzt hatte, und lächelte, weil er plötzlich zwei Bilder vor Augen hatte, die sich ähnelten. Das eine Bild zeigte eine Zauberin, das andere einen Mann. Beide saßen jeweils am Rand eines Kinderbettchens. Jedes kleine darin liegende Kind lauschte seiner Gutenachtgeschichte von einer Zauberin und einem Mann, von Lachen und Weinen, Dankbarkeit und Aufrichtigkeit.
Die Kinder fühlten sich beim Vorlesen liebevoll umhüllt und schliefen danach mit schönen Träumen. Eine gute Basis, fand der Mann, damit

sie später einmal die Kraft haben würden, auch schwierige ... **Hindernisse zu überwinden.**

Vielleicht die letzte Nachricht

Der Mann war unterwegs. Nachdem er im Café gefrühstückt und der *Zauberin der Nacht* eine Nachricht hatte zukommen lassen, machte er Besorgungen, die mittlerweile unaufschiebbar geworden waren.
Als er diese zu einem guten Teil erledigt hatte, zeigte sein Gerät eine Nachricht von ihr an. Er registrierte dies erfreut, ließ sie aber ungeöffnet. So eine Nachricht lediglich nebenbei zu lesen, war ihrer nicht würdig.
Er wollte ihre Worte vollkommen in sich aufnehmen, dabei alles um sich herum vergessen und ihr natürlich ebenfalls Worte senden – und zwar, ohne noch einen einzigen Gedanken an irgendeine andere Sache verschwenden zu müssen.
Wenn er ihr schrieb, dann tat er das immer so, als ob es seine letzte Nachricht wäre und danach die Welt untergehen würde. Die Vorstellung, dass diese Nachricht die Letzte seines Lebens sein könnte, ließ ihn mit sehr viel Tiefgang schreiben. Es schien ihm, als machte sie es ähnlich.
Nach seinen Besorgungen nahm er in atemloser Spannung sein Gerät zur Hand. Beim Lesen dachte er lächelnd: „Wenn jetzt die Welt untergeht, dann habe ich an diesem Tag alles getan, was ... **zu tun war.**"

Berührungslos

„Kann man an Berührungslosigkeit sterben?",
fragte der Mann die *Zauberin der Nacht* eines
Morgens. Sie saß gerade im Büro an ihrem
Schreibgerät und dachte fast belustigt:
„Was für eine seltsame Frage. Nur weil man mal
ein Jahr lang allein lebt, wird man wohl kaum an
Berührungslosigkeit sterben."
Als sie ihm diese Gedanken zukommen ließ,
schwieg er. Und sie hielt seine Stille für einsichtige
Zustimmung. Erst viel später tat sich vor ihren
Augen ein zutiefst verstörendes Bild auf.
Der Mann kannte von klein auf fast ausschließlich
unangenehme Berührungen, die weder leicht noch
zärtlich waren. Nicht einmal eine Hand auf seine
Schulter oder den Arm hatte ihm seine Frau in all
den gemeinsamen Jahren gelegt.
Die *Zauberin der Nacht* konnte sich vieles
ausmalen, aber so etwas überstieg ihr
Vorstellungsvermögen. Das war wie Isolationshaft
inmitten der Zivilisation und die Frage, die sich in
ihr ausbreitete, schrie fast … **„Wie kann ein
Mensch so was ertragen?!"**

Seelenstaub

Der Mann spürte den Augenblick. Als er sogleich die Zeit stillstehen ließ, kamen Gedanken hinsichtlich seiner außergewöhnlichen Verbindung zur *Zauberin der Nacht*.
Seiner Meinung nach ging es bei ihnen um Wiederauferstehung und Entfaltung. Kurz bevor seine zu Staub zertretene Seele im Tal der Tränen in alle Winde verweht worden wäre, hatte sich eine andere Seele behütend zu seiner dazugesetzt und sie so vor dem Verwehen bewahrt.
Die *Zauberin der Nacht* hatte auf ihre eigene Art und weil sie seinen Schmerz wie ihren eigenen spürte, dafür gesorgt, dass er irgendwann langsam und Stück für Stück wieder aufstehen konnte. Die Verbindung zu ihr hatte viele Geschichten folgen lassen, die er nur schreiben konnte, weil sich bei seiner „Wiederauferstehung" etwas in ihm entfaltet hatte.
Sie war für ihn im wahrsten Sinne des Wortes *seine Zauberin der Nacht* ... und seiner Meinung nach fähig, einen neuen und besonderen Raum zu erschaffen, auf den viele Menschen verzichten mussten. Denn ihr Blick auf eine Welt voller Gefühl war versperrt. Die *Zauberin der Nacht* aber hatte die Fähigkeit, Menschen einen Schlüssel zu geben, mit dem sie sich Zugang verschaffen konnten zu dieser ... **Welt der Zärtlichkeit**

Gute Nacht

Der Mann fühlte sich, gerade wenn er seinen zarten jungenhaften Körper im Spiegel betrachtete, eher als großer Junge denn als Mann. Er schrieb der *Zauberin der Nacht* einmal sogar von seiner „Jungen-Haft". Daraufhin sandte sie ihm eines Abends eine kleine Gutenachtgeschichte:

> *Es war einmal ein zarter Rehbock, der unter Rindern aufgewachsen war. Von klein auf machten ihm die Stallbewohner klar, dass er anders war. So anders, dass er es durch und durch selbst spürte.*
> *Er war ein genügsamer Rehbock und hatte sich mit seinem unmännlichen Dasein über die Jahre irgendwie arrangiert ... bis eines Tages, eigentlich schon fast zu spät, eine Ricke in sein Leben trat und alles veränderte.*
> *Zuerst ungläubig, erwachte seine Männlichkeit Stück für Stück. Eigentlich war sie immer da gewesen, allein die Empfänger in seinem Stall waren die falschen. Die ganze Kälte der vergangenen Jahre wandelte sich in Wärme. Obwohl sein Atem bis dato immer kalt geblieben war, konnte er die Ricke nach einer Zeit des Kennenlernens mit seinen Nüstern*

*warm anschnauben, wie es die Stiere
bei ihren Kühen taten.
Es war, als hätten sich ihre Körper
erkannt. Auf verwunschene Art waren
sie nun ...* **Mann und Frau.**

Die Zauberdecke

Diese Begebenheit war, als es dem Mann anders als gut ging. Er stand an diesem Tag immer wieder mit der *Zauberin der Nacht* in Verbindung und spürte, dass irgendetwas anders war. Den ganzen Tag gab es Missverständnisse und Momente, in denen ihm sogar völlig unklar war, was sie ihm eigentlich mitteilen wollte.

Spät am Abend (der Mann lag schon im Bett) kroch plötzlich Angst, sie zu verlieren, kalt in ihm hoch. Wie durch ein Wunder erhielt er in diesem Moment zum ersten Mal gesprochene Worte von ihr. Die Worte taten ihm gut, aber was eine unvorstellbar beruhigende Wirkung auf ihn hatte, war ihre Stimme an sich. Diese unglaublich schöne Stimme, deren Klang ihn so tief berührte, dass er von allem loslassen konnte, was ihm an diesem Tag Hindernisse in sein Blickfeld gelegt hatte.

Er schloss die Augen und während er ruhiger wurde, segelte eine ganz besondere Decke auf ihn herab. Sie bestand aus unzähligen kleinen Häschen, die sich mit ihren Pfoten aneinanderhielten. Sobald diese Häschendecke auf ihm lag, tat sie die Wirkung, die ihr die *Zauberin der Nacht* mitgegeben hatte. Der Mann schlief ein und wachte erst ... **am nächsten Morgen wieder auf.**

Seltenes Lachen

Am nächsten Morgen führten beide ein direktes Gespräch mittels ihrer Geräte und der Mann erzählte ihr von der letzten Nacht und seiner Angst, sie zu verlieren. Dass sie einander alles sagten, auch Dinge, die ein Mann gemeinhin für sich behielt, war Teil ihrer besonderen Verbindung. Sie tauschten sich also über seine Angst aus und noch über vieles andere in ihrem Leben. Die Vertrautheit, die der Mann beim Gespräch spürte, war wunderschön und zeigte ihm, dass er den Draht zu ihr wiederhatte.
Ihre Verbindung war so speziell, dass man sie mit nichts anderem vergleichen konnte. Plötzlich sagte die *Zauberin der Nacht* etwas, woraufhin er schallend lachen musste. Nach dem Gespräch überlegte er, was an seinem Lachen so besonders gewesen war. Es hatte sich frei und leicht angefühlt wie schon lange nicht mehr.
Da der Mann wusste, wie wenig Sinn es machte, nach Licht zu suchen, um das Dunkel zu erhellen, fuhr er auf einen Kaffee ins Café. An diesem für ihn magischen Ort dauerte es nur kurze Zeit, bis das Besondere an seinem Lachen deutlich vor ihm stand:
Sie war nicht nur *seine Zauberin der Nacht*, sondern ebenso die *Zauberin der Fröhlichkeit* und *der Befreiung*. Das spürte er nun tief in sich und dachte inniglich an ... **ihre Stimme.**

Metaphorisch

Im März lag wie aus dem Nichts ein Mann vor ihr auf dem Boden, übersät von Wunden. Es waren bei näherem Betrachten so viele, dass es den Eindruck erweckte, sein gesamter Körper wäre eine einzige offene Wunde.
Niemand beachtete ihn, jeder ging an ihm vorbei oder stieg achtlos über ihn. Er konnte kaum Luft holen und wimmerte bewegungsunfähig vor Schmerzen, die sie in dem Moment, als sie ihn zum ersten Mal sah, wie ihre eigenen spürte.
Als ob ihr Leben davon abhinge, musste sie seine Wunden versorgen, sehr vorsichtig mit Salbe betupfen und verbinden. Oft riss er sich die Verbände vor Schmerzen wieder ab und sie verband ihn erneut, ohne ihn je dafür zu tadeln. In solchen Momenten konnte er nicht anders; und so nahm sie ihn manchmal einfach nur in ihre Arme, wiegte ihn sacht hin und her oder legte ihre Hände auf seine Wunden, damit sie schneller heilten.
Monatelang spürte sie Tag und Nacht seine Schmerzen und die Angst in sich, er würde es vielleicht nicht schaffen. Ihr eigenes Leben verschwand in dieser Zeit hinter einem Schleier. In dem Moment, als sie dachte, den Kampf um und für ihn doch verloren zu haben, begann er langsam, sich wieder aufzusetzen.
Sie hatte ihm dabei geholfen, wieder aufzustehen. „Gehen muss er nun alleine", dachte sie. Aber er hatte sie mit seinem Wesen zu tief berührt, als dass sie ihn mitten auf dem Weg alleine stehen lassen konnte oder ... **wollte.**

Es kam der Tag

… für den es Zeit geworden war zu kommen. Der Tag, an dem sich die *Zauberin der Nacht* und der Mann zum ersten Mal sehen sollten. Diesen Tag wollte sie so sehr, wie er ihn vermeiden wollte. Zu groß war seine Angst, sie könnte ihm bei realem Kontakt ablehnend gegenüberstehen. Dies war auch der Grund, warum sie immer noch kein Bild von ihm hatte.

Nach einigem Hin und Her gewann sein Vertrauen zu ihr aber ein klein wenig die Oberhand und er vereinbarte einen Treffpunkt auf halber Strecke zwischen ihren weit auseinanderliegenden Wohnorten. Es war ein schön gelegener Parkplatz am Rande eines malerischen Städtchens. Der Mann war etwas früher am ausgemachten Ort und setzte sich auf eine Bank.

Eine Weile später sah er ihr vierrädriges Fahrgerät auf den Platz fahren – sie hatte es ihm in ihrer letzten Nachricht beschrieben. Im Moment ihres Aussteigens stand er langsam auf. Da sich zwischen ihr und ihm noch andere Fahrgeräte befanden, sah sie ihn erst, als er direkt vor ihr stand. In dem Moment sah sie ihn bloß kurz an und legte dann, einem plötzlichen ungekannten Impuls folgend, ihre Arme so fest um ihn, wie sie nur konnte. Es wurde eine sehr lange und innige Umarmung. Normalerweise mochte sie keinen Körperkontakt mit Fremden. Und körperlich fremd waren sie beide ja füreinander, trotz allen Austauschs von Gedanken und Worten.

Bei ihm löste körperliche Nähe für gewöhnlich einen Fluchtreflex aus. Nun hatte er aber das unergründliche Gefühl, sein ganzes Leben auf diesen Moment ... **gewartet zu haben.**

Inhalt

Es war einmal 9
Voller Zauber 11
Ganz+gar Augenblick... 13
Buch ohne Seiten.. 15
Zauberinnen der Nacht 17
Heilende Schmetterlinge 19
Die Angst der Zauberin 21
Die Stärke einer Frau.. 23
Staccatohand... 25
Tanz auf den Buchstaben 27
Ein Bild... 29
Leuchten 31
Die Erinnerung des alten Mannes – Teil I.......................... 33
Die Erinnerung des alten Mannes – Teil II 35
Fliegende Blumenwiese 37
Zwei Welten und doch eine.. 39
Ambivalenter Wunsch.. 41
Der verrückte Schmetterlingszüchter 43
Fühl doch mal … 45
Schatten um Mitternacht 47
Einfach schön 49
Vierzehn Stufen.. 51
Verzaubernd 53
Unglaubliche Wortvermehrung.. 55
Unbemerkte Freude 57
Mann ohne Bild 59
Vom Fluss zum See.. 61

Zehn Zauberinnen 63
Eu- und Di-Schmerz 65
Eigentlich nah 67
Ein kleines Hej 69
Eine weitere Tür 71
Der Zahn – Teil I 73
Der Zahn – Teil II 75
Frühlingserwachen 77
Frühlingssonne nach nächtlichen Schatten 79
Wunsch am Morgen 81
Maximierung der Freude 83
Schlecht gestartet 85
Der Arbeitsverweigerer 87
Vier Worte, ein Zauber 89
Das Eigenleben der Worte 91
Erst verkehrt, aber dann 93
Zukunftsträume 95
Vielleicht die letzte Nachricht 97
Berührunglos Berührungslos 99
Seelenstaub 101
Gute Nacht 103
Die Zauberdecke 105
Seltenes Lachen 107
Metaphorisch 109
Es kam der Tag 111